Abuela Itzé

Tabonuco

LA CASA EDITORA
de Puerto Rico

© Derechos exclusivos de Norma Medina Carrillo
Abuela Itzé
medinalapislazuli@gmail.com

Portada (artista gráfico) Yehimar Abyisys Medina
yehimar@gmail.com

ISBN: 9781090522733

LA CASA EDITORA
de Puerto Rico Apartado Postal 1393 Río Grande, Puerto Rico 00745
Colección Creación Literaria

lustrodegloria@gmail Edición: ángel m. agosto

Hecho en Puerto Rico
Primera edición: junio de 2019.

Abuela Itzé

Tabonuco

A la amada memoria de Ic'ajel y Gelo

.

"Los blancos no entendieron nuestro mundo,
lo atacaron sin misericordia, lo arruinaron.
Quedamos huérfanos, despojados, tristes y
sin deseos de vivir. Fuimos esclavizados,
perseguidos y torturados. Buscamos refugio
en los montes, tierra adentro, donde no lle-
gaban los caballos ni los perros a perseguir-
nos. Caminamos, caminamos, caminamos,
subimos, subimos, subimos, tierra adentro,
montaña adentro, corazón adentro de la tierra sagrada del Borikén."

"La Gran Matanza"
Fragmento del Canto Tercero

Índice

Abuela Itzé nunca conoció a sus abuelos. Por vía materna descendía de indios mayas de la región del Petén guatemalteco y por vía paterna, descendía de indios del Borikén. En 1853 los padres de Itzé eran muy jóvenes, su madre, Ic'ajel parió a Itzé a los trece años. Su madre y los ancestros de su madre eran de sangre maya y su padre y los ancestros de su padre eran indios de la tierra. En lengua maya Ic'ajel significa "atardecer". "Gelo", mi tátara tátara abuelo tenía veintiún años cuando nació mi tatarabuela Itzé. La pareja abandonó las tierras de la bajura en los actuales municipios de Loíza-Canóvanas y se enmontaron a las tierras de la altura buscando alejarse lo más posible del pueblo de los hombres blancos. Subieron la sierra siguiendo monte arriba la ruta del río Canovanillas. Gelo, conocía que había indios viviendo bien arriba en el Cubuy. En ese tiempo, los indios que vivían en las tierras del Cubuy eran los descendientes de la antigua tribu del Cacique Canóvanas. Los indios que vivían en el Cubuy llegaron a la altura buscando la protección de la montaña sagrada donde habitaba el espíritu de Yocahú, el "padre-cielo". En lengua de la tierra, Cubuy significa "la altura". En los tiempos en que nació mi tatarabuela Itzé ya no había caciques en el Cubuy, sin embargo, todavía existían caciques en otras partes del Borikén.

En este tiempo, los indios del Cubuy de Canóvanas vivían en familias nucleares en sus bohíos formando pequeñas comunidades para ayudarse unos a otros. Eran buenos pescadores. Pescaban en los ríos y las quebradas de la zona, pescaban guabinas, dajaos, anguilas, jaibas, burukenas, guávaras y camarones a los que llamaban "igüi". En este tiempo, mientras unos grupos indígenas se agrupaban formando pequeñas comunidades de cinco a diez familias, otros preferían vivir dispersos en las montañas, bastante alejados unos de otros. Estos construían sus casas apartadas en las montañas. El tamaño de los bohíos ancestrales se había reducido sustancialmente, construían artesanalmente sus bohíos de paja y cañas de río con piso de tierra, de un tamaño de entre doce a quince pies de diámetro por doce a quince pies de altura. Para este tiempo, los indios de la tierra dormían en el piso, sobre petates formados de tejidos de hojas de palma y de matojos. Ya no fabricaban cerámica, ya no tejían algodón, la mayoría de sus utensilios diarios eran confeccionados de higüera y vestían con ropas compradas a los blancos. Los varones vestían con pantalón y camisa y las mujeres utilizaban falda y blusa. No usaban zapatos ni ropa interior. En este tiempo, tanto hembras como varones se dejaban crecer el cabello, ya no lo cortaban a nivel de las orejas como lo hacían sus ancestros. Todavía conservaban la lengua de sus taitas, muchos de ellos no conocían el castellano, solo conocían la lengua de la tierra.

Cuando mis tátara tátara abuelos llegaron al Cubuy de Canóvanas fueron muy mal recibidos. La comunidad de la altura percibía a la pareja como extraños muy peligrosos para su comunidad. No querían que los recién llegados de la bajura se quedaran en sus tierras, pero Gelo, mi tátara tátara abuelo, no quiso regresar porque había salido fugado de su comunidad en Canóvanas. Gelo "se llevó" a la abuela

Ic'ajel al estilo de antes, sin permiso. Se fue huyendo porque sabía que lo podían matar por llevarse la muchacha. Nadie los ayudó en su fuga, se fueron solos. Al principio, cuando llegaron a las tierras altas, dormían en el monte, a cielo abierto. Tiempo más tarde Gelo consiguió una cueva y allí se refugiaron a vivir. Poco a poco y con gran esfuerzo, Gelo fue construyendo una casa. Construyó su casa solo y solo buscaba alimentos para él y su mujer.

Mi tátara tátara abuelo no tocaba ningún instrumento, no cantaba ninguna canción, pero, bailaba. Gelo bailaba en la Candelaria. Los indios del Cubuy y de toda Borikén encendían fogatas el día de la Candelaria y bailaban en parejas, hombres y mujeres. Bailaban golpeando fuertemente la tierra con sus pies desnudos.

Las comunidades indígenas del Borikén le dedicaban la celebración de la Candelaria a Kiri, la "Madretierra", que identificaban en la forma de una serpiente mítica, un dragón de tierra. En este tiempo, los indios de la tierra del Cubuy no gozaban de música de instrumentos, solamente disfrutaban de cantos y baile. Cantaban y bailaban, cantaban y bailaban alrededor de las fogatas en la Candelaria.

E-Kiri,

E-Kiri,

Daca oco

Madretierra, madretierra, danos vida

A pesar de que los indios del Cubuy le llamaban "Seku", Gelo era un hombre alegre. Ic'ajel, su mujer, también era una persona alegre. Ic'ajel era pequeñita, medía cuatro pies ocho pulgadas de estatura y era muy delgada. Llevaba el pelo bien corto, cortado por encima de las orejas. Su madre, en la selva de Guatemala, acostumbraba a cortarle el pelo bien, bien corto y luego, ella misma se lo cortaba por encima del nivel de las orejas. Su madre le cortado el pelo de esta manera para que pasara por un muchacho, un varón, y así protegerla de las violaciones y de los raptos que perpetraban los blancos a los niñas y niños indígenas.

A Ic'ajel la trajeron secuestrada desde las tierras bajas de Guatemala a trabajar en Borikén. A los diez años fue raptada de su tierra natal, traída al Borikén y vendida a una familia para trabajar como sirvienta en una casa en el pueblo de Loíza. En ese tiempo, 1850, era comunes los raptos de niños y niñas indígenas para venderlos como sirvientes y esclavos a los blancos con dinero. Desde la llegada de los europeos, en América se practicó un intenso comercio de esclavos y sirvientes indígenas. La esclavitud indígena había sido prohibida mediante las "Leyes Nuevas de Indias" promulgadas en 1542, pero en América esta disposición fue letra muerta. De los raptos, venta y tráfico de indios, por ser actividades ilegales, no existen papeles, por lo que la historia oficial no acopia estos hechos y se expresan principalmente sobre el aspecto de la esclavitud negra de la que si existen documentos.

Cuando la vendieron como sirvienta, Ic'ajel solo hablaba el dialecto de las tierras bajas de

Guatemala. Acá, en la Isla de Puerto Rico Ic'ajel vestía con falda y blusa, no usaba sus ropas indígenas tradicionales. Trabajando como sirvienta para una familia fue que conoció a Gelo. Gelo era indio de la tierra y vivía en las cercanías del pueblo de Loíza. En ese tiempo los indios preferían vivir separados de los pueblos de los españoles. Gelo hablaba la lengua de la tierra y también conocía algo de castellano. Cuando Gelo conoció a Ic'ajel se enamoró de ella de vista, se le acercó y le habló. Gelo le propuso la idea de que se escapara con él para el monte. A principio, Ic'ajel rehusó la propuesta de Gelo por desconfianza, pero Gelo siguió insistiendo e insistiendo durante meses hasta que la convenció.

Huyeron de noche, con luna llena. Caminaron a campo traviesa, rehuyéndole a los caminos hasta llegar al río Canovanillas. Gelo no sabía exactamente para donde iba, solo quería enmontarse, enmontarse bien arriba en la sierra. Desde tiempos ancestrales enmontarse era la estrategia más común y segura utilizada por los indios cuando querían escaparse de la persecución de los blancos. Gelo no sabía lo que le esperaba en la altura, iba a la aventura, llevándose consigo a Ic'ajel y a su machete.

Caminaron aguas arriba durante dieciséis días siguiendo la ruta del río Canovanillas. A los dieciséis días de caminata llegaron al Cubuy, allí encontraron otros indios viviendo en la altura. En este tiempo, los indios del Cubuy ya no vivían formando aldeas, vivían cada uno en sus casas que construían regadas por el monte. Cuando Gelo e Ic'ajel llegaron al Cubuy fueron fuertemente rechazados porque eran extraños a la comunidad. Como Ic'ajel se cortaba el pelo por encima de las orejas, por el estilo de su corte de pelo, los indios de la comunidad del Cubuy sabían que ella era diferente. En ese tiempo, las comunidades indígenas desconfiaban fuertemente de los extraños, por esa desconfianza no los ayudaron, no les ofrecieron comida, ni albergue, los dejaron solos. Gelo tardó semanas en localizar una pequeña cueva que les sirvió de refugio, él y su mujer se acomodaron a vivir allí.

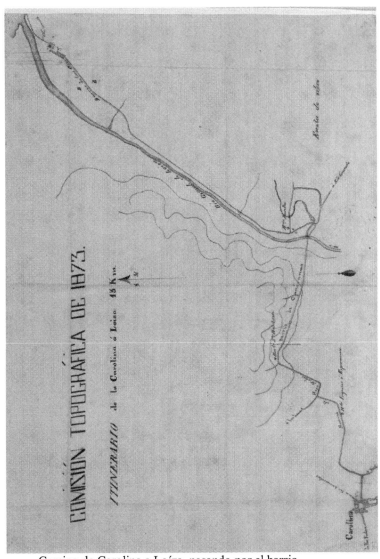

Camino de Carolina a Loíza, pasando por el barrio
de Canóvanas, 1873.

19

Poco a poco, con gran dificultad y esfuerzo extremo, Gelo construyó su propio bohío. Utilizando palos de "madera roíza" y bejucos del monte fue montando la estructura y fijándola fuertemente utilizando amarres en cruceta, según la tradición ancestral. A Gelo le tomó mucho, mucho tiempo cortar la madera para el bohío. El bohío se levantó apoyado sobre la estructura principal, el poste de apoyo que se "sembraba" primero en la tierra ubicado en el centro del bohío. Para la colocación del primer soco, Gelo realizó una ceremonia espiritual dedicada a Yocahú utilizando ofrenda de humo. Luego, colocó el resto de la soquería dejando un espacio libre para la entrada del bohío, mirando hacia el norte. Era costumbre ancestral colocar la entrada del bohío en esa dirección ya que desde el norte entraba menos agua cuando llovía con fuerza. Gelo construyó un bohío pequeño de apenas dieciséis pies de diámetro por doce pies de altura, con planta circular, techo cónico y piso de tierra apisonada a la manera antigua. Las paredes del bohío las recubrió con juncos del río y el techo lo fabricó de mazos de malojillo utilizando amarritas de bejuco de majagua para fijarlos.

Gelo no recibió ayuda para montar el bohío, trabajó solo. Esto no era común en aquel tiempo, pero los demás indios del Cubuy rechazaban a Gelo y no lo ayudaron. Lo rechazaban porque pensaban que él representaba un peligro para la comunidad. Pensaban que los blancos podían venir tras él y llegar hasta sus tierras. Eso era un problema que Gelo podría traerle a la comunidad indígena del Cubuy.

Cuando Gelo terminó la construcción del bohío, antes de ocuparlo, realizó otra ceremonia espiritual. Esta vez la ceremonia fue dedicada a Kiri. A la Madretierra le ofrendó frutas y flores. Luego de las ceremonias en agradecimiento a Yocahú y a la Madretierra, Gelo e Ic'ajel ocuparon su bohío. En este tiempo fue que los indios del Cubuy comenzaron a llamarlo "Seku", que en lengua de la tierra significa "solo". Durante los meses que Gelo trabajaba en la construcción del bohío Ic'ajel quedó embarazada, estaba embarazada de cuatro meses cuando ocuparon su bohío. La pareja dormía en el piso, sobre petates tejidos con hojas de palma.

En ese bohío de madera roíza de monte, cañas de río, techo de matojo y piso de tierra, vivieron Gelo e Ic'ajel apenas un año. Gelo no sembraba la tierra, sobrevivían recolectando comida en el monte y pescando en el río y en las quebradas. La pareja recolectaba frutas: guayabas, jobos, pomarrosas, fresas silvestres y guamá. Vivían completamente aislados del resto de la comunidad indígena del Cubuy, nadie se comunicaba con ellos, nadie les hablaba, nadie se les acercaba. Los vecinos vivían retirados, el más cercano como a medio kilómetro, otras tres familias vivían a kilómetro y medio de distancia.

En esos tiempos, los indios del Cubuy vivían dispersos por los montes, por miedo a los blancos vivían dispersos, por miedo a que los capturaran, miedo a que los esclavizaran. Unas cinco familias indígenas vivían en esa área. Estas familias vivían a la usanza indígena, en bohíos con piso de tierra, parecido al que construyó Gelo, pero, más grandes y mucho mejor construidos. Todavía en este tiempo, los indios del Cubuy de Canóvanas construían sus bohíos a la manera tradicional mediante trabajo comunitario. Se ayudaban unos a otros, la construcción de los bohíos era trabajo comunitario. Los bohíos que construían eran una variación de los que construían sus ancestros en tiempos anteriores a la conquista europea. Eran estructuras más pequeñas que las antiguas y de menor altura, mucho más bajitas que las antiguas casas de sus ancestros. Los bohíos los construían utilizando menos materiales, con menos esfuerzo y en menor tiempo que las antiguas. Como eran expulsados de los lugares con bastante frecuencia, se resignaron a vivir en estructuras que podían abandonar y reemplazar con facilidad.

Desde tiempos antiguos los bohíos indígenas son fabricados con ayuda mutua, toda la comunidad ayuda en su construcción. Los hombres cortan y preparan las maderas, las mujeres ayudan a preparar las liguillas de emajagua para montar las piezas de maderas utilizando amarres en cruceta, la cobija del bohío la fabrican de matojos y utilizan varas de cañas del río para recubrir las paredes. En este tiempo, en la comunidad indígena del Cubuy, los bohíos más grandes se fabricaban de veinticuatro pies de ancho por catorce o quince pies de alto. Estos bohíos albergaban una familia indígena nuclear compuesta de padre, madre, hijos e hijas.

En el bohío construido por su padre Gelo, nació mi tátara abuela Itzé en el año de 1853. Nació en tiempo, de nueve meses. Cuando nació su primera y única hija, Ic'ajel tenía solo trece años y Gelo tenía veintiún años. Ic'ajel parió a Itzé dentro del bohío que Gelo construyó para su pequeña familia. Parió solo con la ayuda de Gelo, colocó un petate tejido de hojas de palma sobre el suelo y se añangotó sobre el petate. El parto duró nueve horas, la niña nació de noche, en la madrugada. Cuando la niña nació, Ic'ajel la envolvió con la tela de su falda, ella sabía atender a los recién nacidos porque tenía experiencia ayudando a su madre con sus hermanitos en Guatemala. La niña nació pequeña, de solo cinco libras, porque su madre estaba mal alimentada. A pesar de todo lo ocurrido en su vida, Ic'ajel resultó ser una buena madre, fue ella quien le puso el nombre a la niña recién nacida y la llamo "Itzé", que en lengua de su tierra significa "acabada de nacer".

Durante el tiempo en que Gelo e Ic'ajel vivieron en la altura del Cubuy solamente hablaban en sus respectivos dialectos indígenas, no hablaron castellano. Ic'ajel aprendió con Gelo algunas palabras y frases en la lengua de esta tierra, el idioma de los indios del Borikén. A la niña Itzé, sus padres le enseñaron palabras y frases en lengua de la tierra. En ese tiempo no utilizaban la palabra taíno para referirse a ellos mismos, solo conocían la palabra "indio".

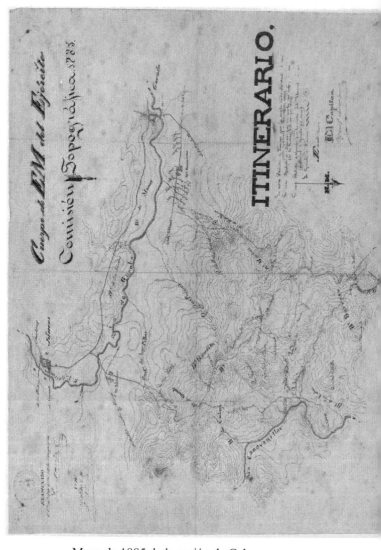

Mapa de 1885 de la región de Cubuy

El desahucio

A mediados del Siglo XIX, el gobierno español realizó el último gran reparto de "tierras realengas" en Puerto Rico. En la altura, en de las tierras de los descendientes del cacique Canóvanas, muchos emigrantes españoles recibieron terrenos de manos de las autoridades locales, terrenos ubicados en la región del Cubuy indígena. Estas tierras nunca les pertenecieron a los españoles y no se encontraban desocupadas al momento del reparto. Una comunidad indígena campesina ocupaba las altas cumbres de los campos de Canóvanas, donde, en tiempos pasados se refugiaron sus abuelos, aquellos abuelos que preferían vivir lo más lejos posible de los pueblos españoles y disfrutar desde allí la vista de la gran casa de Yocahú, la montaña sagrada. A este sitio espiritual los recién llegados llamaron "Sierra de Luquillo" por haberse refugiado en ella el aguerrido cacique Luquillo y su gente. Los negros, por su parte, la llamaron

"Furidí" que en su lengua significa "asiento de nubes."

En los tiempos en que los taínos vivían libremente en su tierra, ellos no ocuparon el espacio de la montaña sagrada donde habitaba el espíritu de Yocahú. Sin embargo, disfrutaban mucho de vivir en las zonas bajas que rodeaban la montaña desde donde podían disfrutar la vista, disfrutaban mucho de observar desde sus aldeas el paisaje sagrado de la montaña. En los tiempos en que los recién llegados iniciaron la persecución y las grandes matanzas y condujeron horrendas acciones de exterminio contra la población indígena del Borikén, los abuelos de nuestros abuelos, nuestros ancestros, en acción de escapada, se refugiaron en la montaña sagrada de Yocahú y sus alrededores buscando allí estar bajo la protección del dios del cielo. Desde la altura de las montañas invocaban su protección, "Yocahú, Gran Espíritu de nuestros ancestros, Gran Espíritu de nuestros ancestros, ven a morar entre nosotros, guárdanos y protégenos de nuestro enemigo".

Cuando ocurrió el desahucio, Itzé tenía apenas seis meses de nacida. Durante el último reparto de "tierras realengas" el gobierno español le otorgó al gallego Ignacio Saldaña las tierras donde vivían Gelo e Ic'ajel con su pequeña Itzé y una comunidad indígena de unas cinco familias. El nuevo dueño de las tierras había llegado a la Isla de Puerto Rico en 1851 y, tres años después, en 1854, el gobierno español le concedió una finca de veinte cuerdas en el Cubuy de Canóvanas. Ignacio Saldaña provenía de la región de Galicia en el norte de España, llegó a Puerto Rico cuando tenía 31 años con su esposa Jimena Cabán de tan solo 19 años. Cuando subió a la sierra y llegó al Cubuy indígena Ignacio Saldaña todavía era un hombre joven de apenas 34 años.

A Jimena Cabán nunca le gustó Puerto Rico, pero, el destino la trajo a esta tierra donde vivió y murió acatando la voluntad y el férreo dominio de su esposo. Jimena vivió y murió aquí por voluntad de su esposo. El destino la convirtió en una mujer agriada y de mal corazón. Era mala con su esposo y era mala con la gente y mucho más mala con los peones que trabajaban en la finca. Jimena Cabán fue extraordinariamente cruel con mi tatarabuela Itzé por razones principalmente de raza, porque Itzé era india. Jimena entendía que los indios no eran personas, los consideraba menos que gente. Jimena nunca maltrató físicamente a Itzé, pero sí le impuso maltrato emocional y de palabra. Jimena nunca tuvo hijos propios, murió a los 88 años en la finca y fue enterrada cristianamente en el cementerio de Cubuy.

Cuando Ignacio Saldaña recibió del gobierno español veinte cuerdas de terreno en las tierras altas del Cubuy no esperaba encontrar una pequeña comunidad de indios ocupando sus recién otorgadas tierras. De inmediato, inició el desalojo de las familias indígenas de las tierras que les pertenecían desde tiempos ancestrales y ordenó a sus peones la quema de sus bohíos. Amenazó a los indios de muerte si se atrevían a regresar a su finca. Todos huyeron, todos corrieron, todos escaparon de las terribles amenazas de hombre blanco recién llegado de Galicia. Todos huyeron de la finca menos Gelo y su mujer. Cuando les quemaron el bohío, asustados y sin saber a dónde ir, se refugiaron de nuevo en la pequeña cueva cerca de una quebrada que ubicaba dentro de la misma finca y llevaron con ellos a su escondite a su pequeña hija, de apenas seis meses de nacida.

Ignacio Saldaña dedicó la finca a la siembra de maíz, yuca y batatas. Para realizar el trabajo duro en las siembras empleaba a los mismos indios que desalojó de la finca y a otros que vivían en los alrededores. En ese tiempo, siete indios trabajaban en las "talas" de Saldaña. Ignacio era un hombre muy cruel con los indios, los trataba como animales. Los que trabajaban para Ignacio vivían todos fuera de la finca, en tierras aledañas a la propiedad de Saldaña, allí donde les permitían levantar sus bohíos. Ignacio no quería a los indios viviendo en sus tierras y no les permitía construir sus casas allí. Con el tiempo, Ignacio Saldaña llegó a tener tres familias de indígenas trabajando para él, padre, madre, e hijos. Le pagaba solo al padre por el trabajo de toda su familia, un real[1]

---

[1] Un real equivalía a 12 ½ centavos.

por mes de trabajo, trabajando de sol a sol, de lunes a sábado. Como solamente los padres de familia cobraban, la nómina de los trabajadores de las talas de la finca de Saldaña alcanzaba la suma de tres reales por mes.

Vida en la cueva

La niña Itzé sobrevivió once años escondida con sus padres en una cueva. En esa misma cueva fue que Gelo e Ic'ajel se refugiaron durante el tiempo en que Gelo construía su bohío. Itzé tiene recuerdos de su niñez solamente a partir de los seis años. La cueva ubicaba en terrenos de la finca que le fue cedida a Ignacio Saldaña localizada cerca de una pequeña quebrada. La cueva tiene unos doce pies de ancho por quince de profundidad y unos diez pies de altura. La entrada es estrecha, pero adentro el espacio se ensancha un poco.

Cuando Gelo e Ic'ajel con su niña de seis meses llegaron a la cueva no tenían absolutamente nada. Ignacio Saldaña les había quemado el bohío con todo adentro. La pareja dormía con su niña en el piso de la cueva. Vivían allí con mucho miedo, por temor a ser descubiertos, no encendían fuego ni de día ni de noche. Gelo salía de noche a escondidas a recolectar comida. Pescaba en el río Canovanillas y en la quebrada cercana a la cueva. Además, recolectaba frutas y algunas verduras. Todo se lo comían crudo. Los indios del vecindario sabían que ellos vivían en la cueva, pero no los ayudaban por temor a Ignacio Saldaña, el nuevo dueño de las tierras.

En ciertas ocasiones Ic'ajel salía para ayudar a su marido a buscar agua y comida y dejaban a la niña sola en la cueva. A Itzé le daba mucho miedo y lloraba mucho cuando sus padres la dejaban sola. Aunque la dejaban poco tiempo, para evitarlo, la pareja se turnaba para salir a buscar agua y alimentos. Salían de la cueva con luna nueva, poca luz, para no ser detectados. Ic'ajel lactó a Itzé hasta los ocho años, por eso la niña pudo sobrevivir. Gelo pensaba mucho en escapar de la finca, pero, nunca se decidió, así transcurrieron once años.

Abuela Itzé recuerda que lo más bonito de vivir en la cueva era el amor que le expresaban sus padres y, lo más difícil de vivir allí, era el miedo al dueño de la finca. Para ellos Ignacio Saldaña era equivalente a un demonio, un espíritu maligno.

El rapto de la niña Itzé

Corría el año de 1864, cuando Ignacio Saldaña se enteró de que todavía había indios viviendo en sus tierras y decidió organizar una persecución con sus peones y la ayuda de tres perros para ir a capturarlos. Cuando los perros marcaron la cueva donde se refugiaban Itzé y sus padres, Ignacio "ajotó" los perros para que entraran a atacarlos. Los perros se enfocaron en la niña, la agarraron por el pelo y la arrastraron fuera de la cueva. La niña estaba desnuda, el pelo suelto y ondulado le alcanzaba hasta la cintura. Su madre nunca le había cortado el pelo, su piel era de color marrón oscuro, medía unos cuatro pies y once pulgadas de estatura. Estando en el suelo acosada y siendo mordida por los perros, Ignacio Saldaña le propinó a la niña una golpiza tan fuerte que le partió el hueso del antebrazo derecho. Luego de golpearla, Ignacio entró a la cueva y le disparó a quemarropa a Gelo y a Ic'ajel. En acción de desalojo, los mató a los dos, allí mismo en la cueva. Luego, abandonaron el sitio y dejaron a los muertos dentro de la cueva sin sepultar.

Ignacio Saldaña amarró a la niña Itzé por la garganta con una soga y se la llevó amarrada como una prisionera hasta la casa grande de la finca. La niña Itzé estaba desnuda, mordida, golpeada, con un brazo roto y completamente aterrorizada con la terrible visión del asesinato de sus padres quemándole los ojos. Cuando llegaron a la casa, Ignacio les ordenó a los peones que le entablillaran el brazo y que la encerraran en el pequeño rancho donde guardaban los sacos y las herramientas.

Cuando Ignacio Saldaña sacó a la fuerza a Itzé de la cueva, la niña tenía tan solo 11 años y no sabía hablar nada de castellano. En ese tiempo Itzé solo hablaba algunas palabras y frases en la lengua de su padre, la lengua de la tierra. Itzé no conocía ningún idioma completo por haber crecido en la cueva sin contacto con otros seres humanos de su misma raza. Cuando llevaron a Itzé a la finca de Ignacio Saldaña la niña casi no hablaba. Creció aislada, hablaba muy poco, se comportaba casi como si fuera muda. La palabra que Itzé más pronunciaba era "ICOA" que significa "persona buena" en lengua de la tierra. Fue en la casa de Ignacio Saldaña, bajo un régimen de maltrato físico y emocional y de trabajo forzado donde Itzé fue aprendiendo algunas palabras en gallego y castellano, la lengua del hombre blanco. En ese tiempo, las únicas personas que le hablaban a Itzé eran Ignacio y la cocinera Dominga. La india Dominga solo hablaba en castellano porque ya había perdido su lengua indígena. La primera palabra que Itzé aprendió en castellano la aprendió de Ignacio Saldaña, "INDIA". Con esa palabra era que Ignacio la llamaba y la comandaba a trabajar. Al principio Itzé no sabía lo que la palabra significaba, pero sabía que se refería a ella, como si fuera su nombre. Ignacio nunca le preguntó a mi tátara abuela como se llamaba, nunca le interesó saber cuál era su nombre. Ignacio la llamaba "INDIA", y lo decía siempre con desprecio.

Dominga le llevó al rancho algunas ropas viejas de la esposa de Ignacio y le enseñó a vestirse. Luego de varias semanas, cuando el hueso del brazo aún no había sanado del todo, llevaron a la niña a trabajar en la tala. Desde el primer día y durante toda su vida de esclava, abuela Itzé dormía en el rancho donde guardaban los sacos y las herramientas. Allí le colgaron una hamaca. La hamaca se la consiguieron los trabajadores de la finca, era una hamaca vieja. Al principio, cuando la trajeron a la finca le daba mucho miedo dormir sola en el rancho. Estaba acostumbrada a dormir con sus padres en el piso de la cueva. Se le hizo muy difícil acostumbrarse a la hamaca y prefería dormir en el piso de tierra del rancho, como era su costumbre en la cueva.

Pusieron a la niña Itzé a trabajar en la tala prácticamente desde que la trajeron del monte. En la mañana le daban café con batata o con sorullos de maíz. Itzé no era la cocinera, la india Dominga era la que cocinaba. A la india que cocinaba al igual que a Itzé, nunca las llamaban por su nombre. Dominga era india del Cubuy, no estaba allí por la fuerza como

Itzé, sino que fue voluntariamente a trabajar como cocinera. Al principio, Dominga rechazaba a Itzé porque no la consideraba de su misma raza. Dominga le daba el desayuno, el almuerzo y la cena en la noche. Le daban la comida en una dita y la niña se la comía sola en el rancho donde dormía. En la noche le daban básicamente verduras con bacalao o con arenque y, a veces, muy pocas veces, un poquito de tocino.

Cuando llevaron a la niña Itzé a la casa de Ignacio Saldaña, Dominga ya era una mujer de mediana edad, como de unos cuarenta años. Le pagaban un real al mes por cocinar. Dominga era más o menos delgada, de baja estatura y de piel bien oscura. Se peinaba con trenza que le pasaban de la cintura. Los dueños de la casa, Ignacio y Jimena trataban muy mal de palabra a Dominga. A Dominga le molestaba mucho ese maltrato verbal, pero lo soportaba con tal de tener el trabajo.

Desde los once años abuela Itzé vivió en el rancho y trabajó en la tala de la finca de Ignacio

Saldaña. El rancho donde dormía estaba construido con madera roíza del monte y techado de paja. Era una estructura más o menos cuadrada, de unos quince por quince pies y catorce pies de altura El rancho no tenía cocina, Itzé comía lo que le daban en la casa grande, tampoco tenía tala propia para sembrar. Para este tiempo, en la tala de la finca de Saldaña cosechaban maíz, batata, yuca, tabaco, lerenes y café. Las batatas, los lerenes y el café eran para el consumo en la propia finca, pero, el maíz, la yuca y el tabaco eran para la venta. Con el tiempo la finca de Ignacio Saldaña había aumentado sus terrenos y ya alcanzaba las veinticinco cuerdas, de las cuales, quince cuerdas estaban cultivadas. En la finca también tenían una vaca, varios cerdos, gallinas y cuatro caballos.

Abuela Itzé se levantaba todos los días a las cinco de la mañana y comenzaba a trabajar a las seis. A esa hora todavía no se había desayunado, desayunaba más tarde, a las ocho, después de completar unas dos horas de trabajo. Desayunaba café con leche y batatas o sorullos de maíz. El desayuno nunca era suficiente, Itzé se quedaba con hambre. Luego, continuaban trabajando hasta las once de la mañana, cuando servían el almuerzo. Otra vez batata o yuca, sin carne y de tomar, agua. Los domingos no descansaba, Ignacio Saldaña la obligaba a trabajar los siete días de la semana, era esclavitud. Todos los que trabajaban en la finca de Ignacio Saldaña eran indios del Cubuy. Ignacio no tenía negros ni blancos trabajando en su finca, solo tenía indios.

Itzé no conocía la palabra "conuco". En ese tiempo en el Cubuy los indios llamaban "talas" a los conucos de siembra. Los trabajadores de la finca de Ignacio tenían conciencia de que eran indios libres, todos vivían fuera de la finca y venían a trabajar en las talas de Saldaña seis días a la semana. Itzé era esclava, la única esclava de Ignacio Saldaña. Itzé no podía salir nunca de la finca.

Con el tiempo, unas veinticinco personas trabajaban en la finca de Saldaña. Había familias completas trabajando, varias familias indígenas trabajaban en la finca. A las familias indígenas que trabajaban en la finca, Saldaña les pagaba un real al mes. La paga era por el trabajo de la familia completa, padre, madre e hijos por un real mensual. Tenían que trabajar seis días, de lunes a sábado, pero a Itzé la obligaban a trabajar también los domingos. Todas las familias vivían en el mismo barrio, en el sector donde hoy día colinda el barrio Cubuy de Canóvanas con las tierras del Bosque del Yunque.

Los indios que trabajaban en la finca llevaban el cabello largo, hombres, mujeres y niños. Para suavizar su ardua tarea en las talas los indios cantaban algunas melodías mientras trabajaban. El canto les servía para aliviar las tareas del trabajo bajo el ardiente sol de Borikén.

Vine buscando tu amor, pero no lo encontré,
Vine buscando tu amor, pero no lo encontré.
Le, le, leee, lo, lai, le, lo, le,
Le, le, leee, lo, lai, le, lo, le.
Cuando quise buscarlo, ya no lo encontré,
Cuando quise buscarlo, ya no lo encontré.
Ay, le, leee, lo, lai, le, lo, le,
Ay, le, leee, lo, lai, le, lo, le.

Mas cuando buscaba tu amor, ya no lo encontré,

Mas cuando buscaba tu amor, ya no lo encontré.

Ay, le, leee, lo, lai, le, lo, le,

Ay, le, leee, lo, lai, le, lo, le.

Iba jaciéndome besos de amor,

Iba jaciéndome besos de amor.

Ay, le, leee, lo, lai, le, lo, le,

Ay, le, leee, lo, lai, le, lo, le.

Pero quise buscarte de nuevo,

Pero quise buscarte de nuevo.

Ay, le, leee, lo, lai, le, lo, le,

Ay, le, leee, lo, lai, le, lo, le.

A los indios que trabajaban en la finca, Ignacio Saldaña les tenían completamente prohibido relacionarse con Itzé, ella estaba segregada del resto de los trabajadores. A Itzé solamente le hablaban Ignacio Saldaña y la cocinera Dominga. Dominga trabajó treinta años como cocinera en la casa de los Saldaña.

Cuando Itzé tenía catorce años, Ignacio Saldaña la convirtió en su mujer. Ese mismo año nació su primera hija, Petronila. Fue la india Dominga quien la ayudó en el parto de Petronila, su primera hija con Ignacio y, luego, Dominga también la ayudó en el parto de Oco (Pedro) su segundo hijo. A partir de entonces, Dominga e Itzé se hicieron amigas. Dominga le hablaba porque le tenía pena. Era la única persona que le mostraba un poco de cariño.

Cuando Itzé tenía apenas quince años, en el tiempo después de parir a mi bizabuela Petronila, sintió cierta atracción por uno de los trabajadores de la finca. Se llamaba Benancio, en ese tiempo, tenía veintitrés años y era soltero. Como todos los demás trabajadores Benancio nunca le habló, no se dio cuenta de sus sentimientos por él. Era un sentimiento privado de Itzé. Tiempo después, Benancio se casó y trajo a su mujer a trabajar a la finca. Cuando Benancio se casó, a Itzé se le apagó el sentimiento. Al poco tiempo de la desilusión de amor, Itzé quedó nuevamente embarazada del patrón. Cuando tenía dieciocho años nació su segundo hijo con Ignacio

Saldaña, Itzé lo llamó Oco que significa "vida" en lengua de la tierra.

La niña se llamó Petronila y el niño se llamó Pedro. Petronila nació blanca y se parecía mucho a su padre Ignacio, pero, el niño Pedro nació indio, del color de su madre. Cuando Petronila tenía apenas tres años, Ignacio Saldaña se la quitó a la mala y se la llevó a la casa grande. Años más tarde, cuando el niño cumplió los tres años, Ignacio también se lo quitó a la madre y se lo llevó para la casa grande. En la casa grande se criaron los dos hijos de Itzé a partir de los tres años, allí les enseñaron a despreciar a su madre india. Sus hijos no le hablaban, no la saludaban, nunca la abrazaron ni la besaron. Itzé fue completamente despojada del amor de sus hijos. Su mayor sufrimiento en la vida fueron sus hijos, los dos, Petronila y Pedro, ambos la trataron mal, al punto de despreciarla.

Cuando Itzé parió a su primera hija con Ignacio, la india Dominga estaba con ella. Era de noche cuando Itzé se puso de parto. Los dolores comenzaron a la una de la mañana. Dominga llegó al rancho a las tres de la mañana, llegó sola y con las manos vacías, fue Ignacio quien le dio algunos trapos y una botella de ron para calmar a Itzé. Cuando Dominga llegó, Itzé estaba acostada en la hamaca. Ignacio la dejó con Dominga y se fue para la casa grande. Fue Dominga quien la bajó de la hamaca y usando los trapos que le dio Ignacio preparó en el piso el sitio donde Itzé podía parir. Dominga ya había tenido cinco hijos y la ayudó a base de su experiencia. La colocó sobre los trapos en el piso y le dijo que se "eñangotara" y se agarrara de sus rodillas para hacer fuerza. Sujetada solo de sus rodillas, cuando apretaban las contracciones Itzé gritaba mucho. Tenía solamente catorce años y tenía miedo, mucho miedo, estaba aterrorizada. La india Dominga le hablaba y trataba de tranquilizar un poco. Itzé estuvo seis horas de parto, sufría mucho dolor y Dominga la sobaba para tratar de calmarla.

Dominga le sobaba la espalda y la cabeza, le hablaba y la sobaba, le hablaba y la sobaba para tranquilizarla. Luego comenzó a darle tragos de ron, del ron que Ignacio le había dado a Dominga. Luego de tomar unos seis tragos de ron Itzé ya se sentía mareada, pero, sintió alivio. Durante la labor de parto Dominga le decía, "no grites", porque entendía que así se ayudaba más a la labor de parto. Dominga le dio un trapo para que mordiera cuando sintiera ganas de gritar. El momento de pujar para parir fue el momento más doloroso de todos, Dominga le indicaba a Itzé cuando pujar.

A las siete de la mañana nació la niña. Cuando Itzé la vio de inmediato se dio cuenta que era blanca. Itzé era de piel oscura y la niña era de piel blanca. Itzé amó a su hija profundamente desde el momento en que la vio, pensaba que era muy hermosa. Era un regalo del cielo, una recompensa por todo su sufrimiento. Cuando Itzé cargó la niña por primera vez, pensó en un nombre para ella. Pensó en llamarla "Oco", que en lengua de la tierra significa "vida". Dominga limpió la niña, la envolvió en trapos y se la acomodó a su lado en la hamaca. Allí se quedaron Itzé y su hija acostadas en la hamaca toda la mañana. Dominga recogió todos los trapos del suelo y se los llevó. Coló café y le llevó café con leche a Itzé. Madre e hija se quedaron descansando en la hamaca y, a las tres de la tarde de ese día, Ignacio fue a verlas. Ignacio estaba emocionado cuando vio la niña y se dio cuenta que era blanca y se parecía a él. Tomó la niña y la cargó en brazos. Itzé le dio la niña sin miedo. Ignacio dijo: "Esta hermosa" y besó a su hija en la frente. Le devolvió la niña y se fue apresuradamente, regresó ya de noche al rancho con un cajón de madera y más trapos para cubrir la niña y formarle una cuna.

Ignacio tuvo que salir de la finca, hasta una tienda de abastos, para conseguir el cajón de bacalao que serviría de cuna para la niña. El cajón lo colgaron del techo del rancho, sujetado con sogas. El propio Ignacio preparó y colgó la cuna para su hija. Cuando terminó con la cuna, Ignacio tomó la niña para colocarla en ella y le dijo a Itzé que quería ponerle el nombre por su mamá que se llamaba Petronila. A Itzé no le gustó el nombre de Petronila para su hija Oco, pero se quedó callada. En esos días, después del parto, Ignacio se quedó con Itzé y la cuidó, le dio comida. Ignacio estaba emocionado.

Itzé nunca llegó a amar a Ignacio, solo lo respetaba. Nunca llegó a amar a Ignacio Saldaña porque nunca le perdonó la muerte de sus padres. Ignacio disparó contra los padres de Itzé. Él los mató a ambos a tiros y dejó sus cuerpos sin sepultar tirados en la cueva, se llevó solo a la niña. Itzé nunca olvidó que Ignacio Saldaña era el asesino de sus padres. Sin embargo, Ignacio si llegó a enamorarse de Itzé en el periodo en que la convirtió en su mujer. Aunque Ignacio actuaba con frialdad delante de Itzé y en frente de todos, ella sabía que Ignacio se había enamorado. En cierta ocasión le trajo ropa de regalo, le regaló un vestido. Cuando Itzé tenía catorce años, Ignacio le regaló un vestido negro.

Itzé se llevaba a su hija para la tala amarrada a su cuerpo, la amamantaba mientras trabajaba. Una vez a la semana, los domingos, Ignacio iba a ver a la niña, la cargaba y jugaba con ella, nunca le trajo ropa a su hija. Itzé vestía a su hija con trapos que le conseguía Dominga. Como no sabía coser, solamente le amarraba los trapitos al cuerpo. A los tres años, cuando le quitaron la niña y se la llevaron para la casa grande fue que, por primera vez, la vistieron con ropa. Itzé usaba ropa usada de Jimena, la esposa de Ignacio, nunca uso zapatos, nació descalza y murió descalza. Nunca se cortó el pelo, cuando lo llevaba suelto el pelo le alcanzaba hasta las rodillas. Lo peinaba siempre en una trenza suelta que le caía en la espalda. Ella misma lavaba su ropa, llegó a tener dos faldas y tres blusas; dos faldas rosadas y tres blusas blancas. Las blusas eran muy sencillas, con mangas y cuello y botones al frente. Itzé se amarraba la trenza con soguillas de yute con las que se amarraban los sacos, al final de la trenza se colocaba tres plumitas de guaraguao.

Itzé nunca aprendió a hablar correctamente en castellano, solo aprendió algunas palabras. Nunca le hablaron del Dios de los blancos, ni de la biblia, ni de Jesús. La consideraban un animal, sin necesidad de conocimiento, solo trabajar y obedecer. A Itzé nunca la bautizaron, nunca fue cristiana, no practicó el cristianismo. Itzé sí creía en Dios, le llamaba Turey, que en lengua de la tierra significa "Padrecielo". Su padre, Gelo, fue quien le enseñó a orarle a Turey; "Turey daca, ay-lí, ay-co, ay-lí" que significa, "Padrecielo, danos paz, danos amor, danos, paz". También oraba "Turey daca, ibacoa-jai", "Padrecielo danos bienestar y paz", y "Turey daca, ibacoa caijí" que significa "Padrecielo, danos Madretierra". Esta oración era especial para pedirle al Padrecielo que protegiera la vida en la tierra.

Itzé ya estaba embarazada de su segundo hijo, cuando le quitaron a su niña. Tenía seis meses de embarazo, cuando, una noche, entró Ignacio al rancho y sin decirle nada, se llevó a la niña. Itzé comenzó a gritar y a llorar, pero Ignacio la golpeó varias veces en la cara. En ese momento Itzé no sabía para dónde Ignacio se llevaba a la niña, corrió siguiéndolo y vio cuando Ignacio subió a la casa grande. Eso la tranquilizó un poco porque entendió que no se la llevaba fuera de la finca. Esa noche Itzé lloró inconsolable toda la noche por su hija Oco.

A los dos días del secuestro de su hija Itzé logró ver la niña de lejos. Se veía diferente, todavía estaba vestida con trapos, pero le habían peinado el pelo y lo llevaba atado con cintas rosadas. Cuando la niña vio a Itzé comenzó a llorar, pero, no le permitieron volver a estar con su madre. La esposa de Ignacio tenía la niña de Itzé. Ignacio le había entregado la niña a su esposa Jimena. Jimena odiaba a Itzé, pero aceptó quedarse con la niña porque sabía que eso hacía sufrir a la india. Ignacio y Jimena no tenían hijos propios, los únicos hijos de Ignacio Saldaña fueron los que tuvo con la india Itzé.

Ignacio reconoció a Petronila y le dio su apellido. Luego que llevaron a la niña para la casa grande no le permitieron volver a tener contacto con ella. Petronila creció creyendo que Jimena era su madre. Itzé nunca más pudo estar con su hija, ella la veía de lejos, sin acercarse. La veía bien vestida, bien peinada y bien alimentada, pero, sin amor de madre. Ignacio trataba bien a su hija, la amaba. El sufrimiento de que le quitaran a su hija Oco marcó a Itzé para toda la vida y sembró en ella la sospecha de que también le quitarían a su segundo hijo cuando naciera. A partir de ese día, Itzé era otra persona, el sufrimiento por el secuestro de su hija le cambió el corazón.

En su segundo parto, los dolores comenzaron de noche, como a las once de la noche. Al igual que la primera vez, Itzé clamó a Ignacio. Lo llamaba, "Ignacio, Ignacio, Ignacio..." pidiendo socorro. Él envió un peón a buscar a Dominga, la cocinera. Dominga llegó como a la una de la madrugada y encontró a Itzé en su hamaca. Al igual que la vez anterior, Dominga trajo consigo los trapos y el ron que Ignacio le dio. Esta vez Itzé ya tenía dieciocho años. Tomó cuatro tragos de ron, mientras Dominga la sobaba e intentaba calmarla. El parto duró menos horas y su segundo hijo nació a las cinco de la madrugada. En este parto Itzé estaba un poco más fuerte, pudo pujar mejor, hacer la fuerza mejor. Cuando nació la criatura Itzé se dio cuenta que era varón, pero ella esperaba otra niña. Cuando miró al niño se dio cuenta que era de su color, de su raza y sintió miedo de que

Ignacio no lo quisiera. Por un lado, se alegró porque pensó que Ignacio se lo iba a dejar porque era indio. Esa madrugada la mente de Itzé era una tormenta de sentimientos encontrados, amor por su niño recién nacido, alegría, miedo, inseguridad, angustia, todo al mismo tiempo. Pero, sobre todo miedo, miedo a la reacción de Ignacio.

Al igual que la vez anterior, luego del parto, Dominga la colocó en la hamaca y le dio a su hijo envuelto en trapos para que lo cargara en brazos y se fue a la casa grande a colar café. Itzé estaba contenta por su hijo y preocupada por la reacción de Ignacio, ambas cosas a la misma vez. Ignacio vino al rancho al día siguiente por la noche. Cuando Ignacio vio la criatura se quedó serio, no se alegró, no lo cargó como hizo con la niña Petronila cuando nació. Ella se dio cuenta de que la reacción de Ignacio era muy diferente, sabía que era por el color del niño, era indio. El niño de Itzé nació de un color un poco más oscuro que el de su madre, pero en las facciones se parecía mucho a su padre.

A este niño Ignacio no le puso nombre. Itzé pensaba que como no lo quería porque nació indio se lo iba a dejar y le puso el nombre de Oco a su segundo hijo. Utilizó la misma cuna de cajón de madera que había utilizado para Petronila. Mientras amamantaba y criaba a su segundo hijo, Itzé no podía ver a su hija. La niña Petronila estaba encerrada en la casa grande. Dominga no le hablaba de la niña. Después del nacimiento de su segundo hijo, Ignacio Saldaña se alejó de Itzé, no visitaba a su hijo, no le puso nombre. El niño se criaba saludable y hermoso y se le notaba en las facciones el parecido con su padre, pero en su color no se parecía a la niña Petronila, su hermana blanca.

Después que nació su segundo hijo, Itzé solo trabajaba en la tala de lunes a sábado, los domingos la dejaban descansar. En ese tiempo, cuando Ignacio se apartó de ella y no regresó al rancho, Itzé comprendió que Ignacio no quería tener más hijos oscuros, indios como la madre. Para ella el alejamiento de Ignacio fue un alivio. Ignacio no le hablaba, no la ayudaba, no la visitaba, solamente se apartó de la "india" y la dejó completamente sola. Fue en ese tiempo, después del nacimiento de su segundo hijo, cuando por motivos de la contabilidad, Ignacio le puso el nombre de Antonia Rivera en los papeles de la finca a la india Itzé, pero, continuó llamándola "india". Ignacio siempre la llamó "india" y lo hacía con desprecio de su raza.

El hijo de Itzé con Ignacio se criaba hermoso, ella lo amamantaba. El niño comenzó a responder por su nombre indígena "Oco". Cuando Oco cumplió los tres años, Ignacio se lo quitó al igual que hizo con la niña. Igual que la vez anterior, era de noche cuando Ignacio entró al rancho donde dormía Itzé con su niño. Itzé se asustó mucho cuando Ignacio entró en el rancho, pensó que venía a llevarse el niño, igual que la vez anterior. Ignacio entró y fue directamente al cajón de madera que le servía de cuna y tomó al niño. Itzé comenzó a gritar "Ignacio, Ignacio, Ignacio...". Ignacio golpeó a Itzé en la cara, esta vez Itzé lucho con más fuerza contra Ignacio por retener a su hijo, Ignacio tuvo que golpearla repetidas veces para apartarla de su camino. Cuando la tumbó al piso salió con Oco en los brazos para la casa grande. Itzé continuó gritando y llorando dentro del rancho, "Ignacio, Ignacio, Ignacio…".

Itzé estaba completamente sola frente al abuso de Ignacio Saldaña, nadie la ayudó, ni siquiera Dominga. Pasó toda la noche llorando por el rapto de Oco. A la mañana siguiente, por miedo a Ignacio, se fue a trabajar a la tala. Al niño de Itzé lo encerraron en la casa grande, al igual que hicieron con su hermana Petronila. Por el miedo que le tenía a Ignacio, Itzé nunca intentó entrar a la casa grande donde estaban sus dos hijos. Dominga se quedaba callada sobre el tema de los hijos de Itzé. No decía ni una sola palabra sobre el asunto. Itzé escuchaba a su hijo llorando, Oco lloraba mucho. Con su madre no lloraba, pero, en la casa grande lloraba mucho. Oco estuvo llorando y llorando durante seis semanas, Itzé escuchaba a Oco llorando y se moría de pena y sufrimiento por sus hijos. De día y de noche pensaba en entrar a la casa grande para buscar a Oco, pero, tenía mucho miedo de Ignacio. Itzé le tenía terror a Ignacio Saldaña.

Pasaron dos meses antes de Itzé volviera a ver a Oco. Todavía vestido con trapitos, pero peinado como las personas blancas, con compartidura hacia un lado. También vio a su hija Petra, vestida con ropa de niña y peinada con moños. La niña Petra ayudó mucho a que su hermanito se adaptara a la casa grande. Cuando los niños salían de la casa Itzé los veía, pero no se les podía acercar. No se les acercaba por miedo a Ignacio. Fue durante esa época que, por primera vez, Itzé pensó en escaparse de la finca. Aunque sabía que representaba no volver a ver a sus hijos nunca más, estaba decidida.

Primer intento de fuga

La primera vez que Itzé intentó escaparse tenía apenas 21 años. Ignacio Saldaña ya le había quitado a sus dos hijos y se los había entregado a su esposa Jimena. El sufrimiento por la separación de sus hijos motivo en Itzé la idea de escaparse de Ignacio. Pensó en escaparse caminando montaña abajo. Escogió la ruta de bajar la montaña hasta llegar al río, siguiendo luego el río aguas abajo. Para Itzé el río no tenía nombre, ahora se le conoce como río Canovanillas. El río estaba a cierta distancia caminando hacia el este, la ruta del sol naciente. Como nunca había salido de la finca Itzé, no conocía los caminos, no conocía el camino hacia el río, fue simplemente bajando la montaña hasta que se encontró con él. No sabía para donde iba, solamente quería ir lejos. Escapar a tanto sufrimiento.

Se escapó de noche, como a las doce de la noche para tener tiempo de caminar bastante antes del amanecer. Escogió una noche de luna llena para aprovechar su luz. Caminó lo más rápido que pudo, cuando amaneció ya había llegado al río y caminaba por su orilla. Caminaba aguas abajo, al amanecer del primer día de su fuga nadie la había visto. Caminó todo el día hasta llegar la noche, siguiendo el cauce del río y continuó caminando durante toda la noche. Cuando amaneció el segundo día, estaba muy cansada y se detuvo a descansar. Itzé no se escondió para descansar solo se sentó a orillas del río. Todo ese tiempo estuvo sin comer. Descansó durante todo el segundo día y la noche. Durante el descanso encontró algunos jobos para comer. Al tercer día reanudó su camino siguiendo el río aguas abajo. Continuó caminando todo el día y cuando llegó la noche se detuvo a descansar. Descansó toda la noche y al siguiente día siguiente caminó todo el día.

Nadie la vio, no vio casas, ni personas en su camino de escapada. No sabía pescar por lo que solo se alimentaba de frutas y tomaba agua del río. Comía cuando encontraba árboles de jobos. En su cuarto día de fuga, caminó todo el día y en la noche se detuvo a descansar. En la cuarta noche de su fuga fue la primera noche que Itzé logró dormir. Durmió toda la noche. En la mañana se despertó temprano como ya era su costumbre. Emprendió de nuevo su camino aguas abajo, esta vez caminando por dentro del río. Caminaba descalza entre las piedras del río, caminó todo el día, era el quinto día desde su fuga. Durante el sexto día también continuó caminando sin descansar. Al siguiente día continuó caminando y, en la noche del séptimo día desde su fuga, la encontraron.

La descubrieron temprano en la noche del séptimo día. Eran cuatro indios, todos compañeros de trabajo de la finca de Saldaña. Habían sido enviados a buscarla por Saldaña a cambio de una recompensa de medio real a cada uno por devolvérsela. La capturaron los indios que despreciaban a Itzé, ellos nunca aceptaron a sus padres como parte de su comunidad, los despreciaban. Los padres de Itzé había llegado a su comunidad como fugitivos y nunca fueron aceptados por la comunidad indígena del Cubuy. Ellos entendían que Gelo y su esposa los ponían a todos en peligro ya que podían venir a buscarlos y traerle problemas a su comunidad. Los cuatro indios que capturaron a Itzé eran llamados Enrique, Carmelo, Juan y Leonsio. En ese tiempo, los indios naturales del Cubuy, no tenían apellidos, solo nombres, ellos hablaban entre sí en lengua de la tierra. Cuando la encontraron, los hombres gritaron "Ecoya, ecoya", que significa "aquí está". Cuando los cuatro indios atraparon a Itzé no le pegaron, solo la sujetaron y le amarraron las manos en la espalda. Luego, la arrastraron hasta alcanzar el camino y comenzaron a subir la montaña en dirección a la finca de Saldaña. En viaje de regreso a la finca de Ignacio duró apenas tres días. Cuando se paraban a comer, le daban comida a Itzé, cuando se detenían a dormir, dejaban que Itzé durmiera. Siempre buscaban un sitio bastante retirado del camino para dormir. Los indios que capturaron a Itzé no la maltrataron, ni la golpearon, ni la insultaron, ni abusaron sexualmente de ella. Todos entendían que Itzé era la mujer del amo, del dueño de la finca, de Saldaña.

En la tarde del tercer día del camino de regreso, llegaron a la finca. Como si ya conociera de su captura, Ignacio Saldaña estaba esperando afuera de la casa. Cuando llegaron, los indios le entregaron la fugitiva a Ignacio. Desde ese momento Ignacio comenzó a agredir a Itzé con sus propias manos. Primero la agredió a puñetazos y patadas frente de todo el mundo. La gente de la casa grande se escondió, cerraron las puertas y ventanas, solo salió Dominga, la cocinera, su amiga, su única amiga. Dominga no intentó defenderla, solo se quedó observando la paliza. Ignacio duró treinta minutos golpeándola, la golpeaba en la cara con los puños y en el resto del cuerpo con patadas. Itzé sangraba, le dejó la cara marcada de por vida. Cuando terminó de golpearla, Itzé estaba en el piso y no se podía levantar. Ignacio le gritaba y la insultaba de palabra "mal nacida", "hija de perra", "cabrona", "sucia", "arrastrá". Era evidente que tenía mucho coraje con ella, estaba rabioso de celos. Ignacio se había enamorado de Itzé de la peor manera "esto es mío, es mi propiedad y nadie me lo quita". Abuela Itzé nunca se enamoró de Ignacio Saldaña, solo sentía repugnancia por él.

Cuando Ignacio terminó de golpearla, los cuatro indios que la capturaron la recogieron del suelo y la llevaron al rancho. En ese preciso momento, cuando la cargaban, sintieron lástima por ella. La echaron en la hamaca y se fueron. Solamente Dominga se quedó con ella. La india Dominga le limpió los golpes, le limpió la sangre. No le cambió la ropa, no le quitó la ropa para lavarla, se la dejó puesta. La ropa que llevaba puesta estaba bien sucia y rota, eran solo harapos que colgaban de su cuerpo.

Después de la paliza Itzé estuvo seis días sin poder levantarse de la hamaca. Dominga le traía comida y agua, en esos días, nadie más vino a verla. Al sexto día se logró levantar y caminar un poco, estaba bien adolorida. Caminaba solamente unos pasos dentro del rancho. En esos días Itzé recordaba con terror cómo Ignacio había dado muerte a sus padres en la cueva. Ella sabía que Ignacio era capaz de matarla. Mientras estuvo postrada por la brutal golpiza el sentimiento que la arropaba era de miedo. Miedo a que

Ignacio Saldaña la matara igual que había matado a sus padres. Durante las noches, Itzé soñaba con su madre y su padre, veía el rostro de sus padres, ellos se mostraban preocupados por ella. Itzé soñaba que estaba en la cueva donde vivía con sus padres. Ellos ya estaban esperándola, pensaban que Itzé se moriría, que no sobreviviría a la paliza de Ignacio.

Después de la paliza, la cara de Itzé quedó marcada con grandes cicatrices en la nariz, en la mejilla y en la barbilla. A Ignacio Saldaña no le importó desfigurarla. Itzé nunca sanó del todo de los golpes, continuó padeciendo dolor toda la vida. El pecho le dolía cuando respiraba, también le dolían las piernas al caminar. Luego de la golpiza, Ignacio despreció a Itzé más que nunca. Itzé se alegró de que Ignacio la dejara de ver como mujer. Eso terminó.

Transcurridos doce días después de la golpiza, Ignacio la increpó fuertemente y le dijo que tenía que volver a trabajar en la tala. Todavía no estaba recuperada, pero, regresó adolorida a trabajar. No podía trabajar bien, trabajaba lentamente, con mucha dificultad. Tenía miedo de que Ignacio la volviera a golpear o que la matara. Cuando regresó a trabajar en la tala, los demás trabajadores la dejaron aislada, mucho más aislada de lo que estaba antes de la fuga. Nadie le hablaba, nadie se compadecía de ella, de su tragedia. Ella sentía que, más bien, ellos se alegraban de su sufrimiento. En este tiempo, se ampliaron las tierras de siembra, en la finca de Ignacio ya trabajaban unos diez varones adultos con sus familias. Itzé era una esclava. Los demás indios que trabajaban en la finca se podían ir a sus casas en la noche y no regresaban a trabajar el domingo, regresaban lunes. Trabajaban todo el día, de sol a sol, ellos, sus mujeres y sus hijos. Entre todos, hombres, mujeres y niños, trabajaban unas cuarenta personas en la finca de Ignacio Saldaña. Mientras trabajaban en las talas, los indios cantaban de corazón.

> Iba de mañanita a buscar una estrella,
> pero en la noche volví sin ella.
> Iba de mañanita a buscar una estrella,
> pero en la noche volví sin ella.

Ay, le, leee, lo, lai, le, lo, le,
Ay, le, leee, lo, lai, le, lo, le.

En los tiempos en que hacía falta que lloviera para que la cosecha fuera buena, los indios cambiaban sus cantos y cantaban en lengua de la tierra cantos ancestrales para invocar la lluvia;

Ecoa, Ecoa,
Daca oco,
Daca oco,
Daca ni,
Daca ni.

Que en lengua de la tierra significa. "Abuelo viento, abuelo viento, danos vida, danos vida, danos agua, danos agua".

Segundo intento de fuga

La segunda vez que Itzé intentó escaparse de Ignacio ya tenía veintisiete años. Los niños estaban grandecitos, Petronila tenía unos trece años y Oco tenía nueve años. Los niños tenían terminantemente prohibido acercársele a la india Itzé. Ignacio ya le había dado el nombre de Pedro al niño. A la niña Petronila, Ignacio la reconoció y le dio su apellido Saldaña, pero a Pedro no lo reconoció. Aunque Pedro era de color oscuro, en sus facciones era muy parecido a su padre. Los niños no le hablaban a Itzé, más bien la despreciaban, la esposa de Ignacio les enseñó a despreciar a su madre. Jimena les enseñó a despreciar a Itzé y a creer que ella era su madre.

Itzé sabía muy bien que Ignacio la podía matar si la capturaba de nuevo. Dominga lo sabía y siempre le aconsejaba que se quedara en la finca y que no se fugara. Al igual que la vez anterior, se escapó bien temprano en la madrugada, esta vez escogió una noche oscura de luna nueva. Cogió camino monte abajo, a campo traviesa. Estuvo caminando toda la noche y todo el día sin parar. Continuó caminando y cuando amaneció el segundo día se detuvo a descansar. Descanso un rato, iba sin agua y sin comida, logró comer algunos jobos y continuó caminando. Por donde Itzé iba no había casas, no vio gente en el trayecto. Esta vez iba cruzando el monte caminando hacia el oeste en dirección a la puesta del sol. En los días que anduvo escapada no vió a ninguna persona en el camino, solo monte. Caminó y caminó durante veinticuatro días consecutivos en dirección al sol poniente. Para este momento Itzé pensaba que ya era libre. Comenzó a subir una gran montaña, se alimentaba de jobos y otras frutas que encontraba en el camino. Tomaba agua en las quebradas, pero, no se acercaba a los ríos. Era prácticamente imposible que los hombres alquilados por Ignacio la pudieran encontrar. En esa ocasión la buscaban cinco hombres, todos indios del Cubuy pagados por Ignacio para su captura. No fueron los mismos indios de la vez anterior. Los trabajadores que capturaron a

Itzé la primera vez no aceptaron ir a capturarla una segunda vez. Sabían muy bien lo que Ignacio le hacía a Itzé y sabían que esta vez la podía matar. Los que persiguieron a Itzé en su segunda escapada eran indios que trabajaban en otras fincas cercanas a la finca de Saldaña. Estos indios solo hablaban la lengua de la tierra, eran buenos rastreadores.

Fue verdaderamente increíble que la encontraran después de tantos días. Era de día cuando la capturaron, la encontraron durmiendo, gritaron; "Ecoya, ecoya", que significa "aquí está". Itzé se horrorizó al verlos, porque pensaba que ya era libre. La levantaron del suelo y le amarraron las manos a la espalda. Los hombres la trataron bien, le dieron comida y agua. Luego, emprendieron el camino de regreso a la finca de Saldaña. En el camino Itzé llegó a pensar que era su destino ser esclava de Ignacio. Regresaron a los cuarenta días a partir de la fuga. El viaje de regreso duró unos quince días, cuando llegaron a la finca de Saldaña eran las siete de la mañana.

Los hombres lo llamaron dando voces y el bajó de la casa grande al batey. Los hombres tenían a Itzé de rodillas en el área del batey frente a la casa grande. Cuando Ignacio alcanzó a llegar a donde estaba Itzé lo primero que hizo fue darle una bofetada en la cara. Los trabajadores indígenas se quedaron observando. Ignacio estaba verdaderamente furioso, peor que la primera vez que Itzé trató de escaparse. Luego de la primera bofetada Ignacio comenzó a darle puños en la cara a la vez que le gritaba "puta", "malnacida", "ingrata", "cabrona", "arrastrá", mientras continuaba golpeándola y golpeándola en la cara. Los hombres que capturaron a Itzé se quedaron viendo cómo Ignacio la golpeaba y se alegraban. Durante la golpiza Ignacio se concentró en la cara y en la cabeza de Itzé, la golpeaba con puños y patadas, desfigurándola completamente. Era la golpiza de un hombre celoso y furioso. A los veinte minutos Itzé ya había perdido el conocimiento, Ignacio le había roto la mandíbula. La golpiza duró unos treinta y cinco minutos, luego de que Itzé había perdido el conocimiento Ignacio continúo golpeándola y golpeándola, estaba completamente loco, completamente fuera de sus cabales. Nadie se atrevió a intervenir. Ignacio dejó de golpear a Itzé solo cuando se cansó. A los niños los encerraron en la casa grande para que no vieran nada, pero sí escucharon la golpiza que Ignacio le propinó a la india.

La cara de Itzé estaba completamente desfigurada, simplemente la dejó en el suelo como la vez anterior. Cuando Ignacio se retiró, los indios que la capturaron la recogieron del suelo, la llevaron al rancho y la echaron en su hamaca. Nadie la fue a ayudar, la dejaron sola. Despertó al día siguiente. Cuando despertó, Dominga estaba con ella. Dominga le trajo el café de la mañana, pero Itzé no se lo pudo tomar. Dominga no le habló, no dijo nada, solamente entró al rancho a traerle el café y se fue. Nadie más se acercó al rancho, la dejaron completamente sola, a su suerte. En este tiempo Ignacio nunca fue a verla al rancho.

Cuando pudo levantarse de la hamaca intentó limpiarse la cara, pero le dolía horriblemente. Itzé no podía verse la cara, pero sabía que estaba desfigurada. La mandíbula estaba completamente inflamada, no tenía medicina, nada para ponerse. Se quedó así, se volvió a acostar en su hamaca y se quedó dormida. Se quedó sola en su rancho por cuatro días, tirada en su hamaca. Al cuarto día vino un doctor. Ignacio mandó a buscar un doctor. Al examinarla, el doctor se quedó completamente callado, no pronunció palabra, pero en su mirada Itzé observó que se sentía consternado. El doctor le curó las heridas y le colocó vendajes. El doctor consoló a Itzé con su mirada. Nunca volvió. Itzé pasó nueve días sin poder tragar, a los diez días, con mucho dolor, tomó café con leche. Estuvo metida en el rancho catorce días. A los catorce días salió a trabajar en la tala. Estaba muy adolorida, pero prefería trabajar en la tala. Después de su fuga, tenía que trabajar los siete días de la semana. A los quince días de la golpiza comenzó a bajársele poco a poco la hinchazón, fue cuando por primera vez después de la golpiza intentó verse la cara en el reflejo del agua. El reflejo del agua le dijo a Itzé que estaba mutilada. No podía abrir bien los ojos. La nariz estaba rota y virada, tenía cicatrices en la frente y en los pómulos y la boca estaba partida. Itzé no se reconocía en el reflejo del agua. Durante todo ese tiempo, Ignacio nunca fue a verla al rancho. Ignacio estaba celoso, entendía que ella era su mujer y que no se podía ir. Ignacio no entendía que Itzé no era su mujer y que ella no lo quería. Para Itzé, Ignacio era un asesino, un demonio blanco.

Ignacio Saldaña no le volvió a hablar nunca más. Dominga no la consoló por lo sucedido, no le hablaba de Ignacio ni de sus hijos. Nunca le trajo medicinas, se limitaba a traerle la comida. Solamente los indios que trabajaban en la finca de Ignacio y que ayudaron a capturarla la primera vez que escapó, sintieron pena por Itzé. Aunque no le hablaban se dieron cuenta de lo que había pasado y se apenaban. Ellos sabían que Ignacio era extraordinariamente cruel con Itzé. Nunca se lo dijeron, no le hablaban, pero después de la segunda golpiza la miraban con pena. Después de la golpiza, los trabajadores de la finca trataban diferente a Itzé, la aceptaron con pena, con mucha pena. Aun así, Itzé no trabajaba junto a ellos, trabajaba sola, por separado en su tala sin hablar con nadie. Fue en ese tiempo cuando Itzé aceptó su destino de esclava y nunca, nunca más intentó volver a escaparse de Ignacio.

Cabey

Cuando Dominga murió, Itzé ya tenía 45 años, para que la sustituyera en la cocina de la casa grande trajeron a la india Jacinta. Jacinta sabía que los niños que estaban en la casa grande eran hijos de Itzé. Jacinta no atendía a los niños porque su labor se limitaba a la cocina. En ese tiempo, a Itzé le permitían ir a la cocina de la casa grande y ahí, en la cocina, era que ellas conversaban más. Jacinta era bastante mayor que Itzé en cuanto a edad. Era india del Cubuy, tenía la piel más oscura que Itzé y eran más o menos de la misma estatura. Era delgada y llevaba el pelo corto, al nivel de las orejas. Su pelo ya era blanco y muy lacio. La india Jacinta hablaba la lengua de la tierra, su nombre indígena era Cabey que significa rizado, con ondas. Cabey era viuda y había tenido un solo hijo. Cuando Itzé la conoció era una mujer sola, su hijo había muerto. Itzé se relacionó con Cabey como si fuera una mamá, se encariñó.

Cabey nunca se quedó con Itzé en el rancho a pasar la noche, después de la faena en la cocina siempre regresaba a su casa. Como Cabey hablaba la lengua de la tierra, en ese tiempo Itzé aprendió nuevas palabras con ella. Por ejemplo, aprendió la palabra "begacho" que significa barro, la palabra "gaíco" que significa feo, la frase "daci-japa" que significa dentro, la palabra "icas" que significa sonajero de los pies, la frase "ibacoa jai", que significa bienvenido y la palabra "geiba" que significa adiós. En todos los sentidos, la india Jacinta fue mucho mejor amiga de Itzé que la india Dominga.

Desde lejos, Itzé veía a sus hijos crecer. Sus hijos nunca le hablaron, por el contrario, la miraban con desprecio, se burlaban y se reían de ella, de su aspecto. Después de la segunda golpiza que le propinó Ignacio, Itzé quedó deforme por el resto de su vida. Tenía muchas cicatrices, una gran cicatriz horizontal en la frente. El ojo izquierdo le quedó medio cerrado para siempre. La nariz le quedó partida, con una desviación del tabique hacia la izquierda. La rotura del tabique se observaba claramente. Ignacio le partió la boca durante la paliza, la boca de Itzé quedó desfigurada, le partió el labio inferior por el lado izquierdo, se le notaba que la boca estaba partida. En el mentón tenía otra cicatriz horizontal. La oreja izquierda la tenía rota, Ignacio le partió la oreja por arriba. Después de la segunda golpiza, Ignacio no le habló nunca más y nunca más volvió a buscarla como mujer.

Cuando Ignacio Saldaña le propinó la segunda paliza, Itzé estaba recogida en el piso del lado derecho, por eso el lado izquierdo de la cara sufrió más golpes y heridas. La mandíbula nunca le sanó bien. Por el resto de su vida Itzé padeció de esa fractura de mandíbula, no podía abrir la boca, no podía masticar. Solo podía comer comida majada y tragar líquidos. La comida dura no se la podía comer. Itzé no volvió nunca a intentar escaparse, pensó que era su destino ser esclava de Ignacio Saldaña. Durante la segunda paliza, Ignacio le pegó fuerte en el rostro a Itzé con el propósito de desfigurarla. Ignacio la desfiguró a propósito, por celos, para que nadie, nunca más se fijara en ella. Ignacio sentía celos por Itzé. Sentía una mala pasión, un amor perverso por la india que tanto despreciaba. Luego de la segunda golpiza, Ignacio no le volvió a hablar a Itzé jamás en la vida.

Ignacio Saldaña había nacido en España, era de origen gallego, hijo de labradores muy pobres. Trabajó desde los siete años en las siembras, a los doce años quedó huérfano de padre y madre. Fue único hijo, no tuvo hermanos. Al quedar huérfano pasó a vivir con un tío. Su tío y la esposa no lo querían en su casa, para ellos era una carga, una boca más que alimentar. Los tíos de Ignacio tenían ocho hijos y con Ignacio sumaban nueve. Ignacio se fugó de la casa de su tío y se fue a trabajar a otra finca, cercana a la casa de su tío y cercana del sitio donde había nacido. Ignacio Saldaña sufrió abusos y mucho maltrato cuando niño. Ya conocía la maldad, a él lo castigaban, le pegaban, lo insultaban, lo maltrataban. En esa época, entre los doce a los veinte años fue que el espíritu de Ignacio se torció. Se casó con una campesina pobre como él, la esposa que trajo a Puerto

Rico. La única esposa legal que tuvo. El mismo maltrato que le hicieron a él cuando niño, él se lo hizo a la india.

Después de la segunda golpiza Ignacio obligó a Itzé a trabajar en la tala todos los días de la semana. Trabajaba de sol a sol en la tala sembrando maíz, tabaco, lerenes, yuca, yautía, batata, habichuelas blancas y frijoles. La tala de Itzé era de cuatro cuerdas de terreno y estaba separada de las talas de los otros trabajadores. Los trabajadores varones rompían la tierra para preparar las talas, luego Itzé sembraba y cuidaba las siembras. Recogía la cosecha sola, la echaba en sacos y la llevaba a la casa grande. Abuela Itzé nunca recibió paga alguna por su trabajo, solamente la comida y la hamaca vieja del rancho donde dormía. Nunca usó zapatos. Jacinta, la cocinera nunca usó zapatos, los trabajadores de la finca y sus familias nunca usaron zapatos. Solo los españoles usaban zapatos. A los hijos de Itzé no le ponían zapatos, les ponían ropa de los españoles, pero, sin zapatos.

Después de la segunda golpiza que desfiguró a Itzé, ella continúo trabajando por veinte años más en la tala, sin tener un solo día de descanso. Durante ese tiempo no se enfermó. Trabajó incesantemente. Sus hijos nunca le hablaron. Cuando la veían se reían, se burlaban de ella, de su cara y su cuerpo deforme, las dos criaturas sacaron el mal corazón de su padre. La malasangre del padre corría por las venas de los hijos de Itzé que la despreciaban.

A sus catorce años casaron a la niña Petronila Saldaña con Joaquín Vázquez y Carrasquillo, un español de origen canario. Se dedicaba al comercio, tenía una tienda en el pueblo de Loíza. Joaquín vio a la niña Petronila en el pueblo y se la pidió a su padre en matrimonio. Ignacio Saldaña le concedió la mano de la niña Petronila en matrimonio a Joaquín Vázquez y Carrasquillo. Cuando Joaquín le pidió la mano de Petronila a su padre, no sabía que la niña era hija de una india de la tierra. El creía que Petronila era hija de Ignacio y de su esposa Jimena. Joaquín Vázquez era un hombre de mala entraña. Después de casados, cuando supo que Petronila era una niña mestiza, que tenía sangre indígena comenzó a menospreciarla, a golpearla y a abusarla violentamente. Él la violaba, le pegaba, la abusaba de muchas maneras. Como consecuencia de esos abusos, golpes y maltrato, a Petronila Saldaña se le tornó el pelo de negro a blanco a sus veintiún años, por causa del sufrimiento y el maltrato que vivía en su matrimonio. Petronila Saldaña tuvo diez hijos con Joaquín Vázquez y Carrasquillo. Mi abuela Ulpiana Vázquez Saldaña nació en el año 1900, siendo la penúltima hija de Petronila y Joaquín. Petronila murió del corazón en el año 1917 y está enterrada en Canóvanas, pueblo reconocido como "tierra de indios".

Después de casada, Petronila Saldaña vivió en el Sector Periel del barrio Cubuy, ahora perteneciente a municipio de Canóvanas. Los hijos de Petronila Saldaña no conocieron ni se relacionaron con los hijos de Pedro Saldaña. La pequeña familia de Itzé, quedo dividida. Pedro Saldaña y Rivera, el hijo de Ignacio Saldaña con la india Itzé, se quedó con la finca de su padre y, tiempo después, se la heredó a su hijo Perfecto (nieto de Ignacio Saldaña), quien se la heredó, a su vez, a su hijo Jacinto (biznieto de Ignacio Saldaña). Jacinto dividió la finca en cuatro partes, una parte para cada uno de sus cuatro hijos. Con el tiempo, la finca original que alcanzó a tener unas veinticinco cuerdas fue seccionada en cuatro propiedades.

Abuela Itzé vivió hasta los cuarenta y siete años y desde lejos, vio a sus dos hijos crecer. Toda la vida vivió bajo el dominio de Ignacio. Murió en el rancho, en su hamaca, murió de neumonía, en compañía de la india Jacinta. Ignacio les ordenó a los trabajadores que enterraran a la india en la finca. Los hijos de Itzé, Petronila y Pedro, aunque en ese tiempo ya conocían que la india era su madre, no fueron al entierro. Ignacio Saldaña tampoco fue a enterrarla. La enterraron los indios trabajadores de la finca y sus mujeres. Cuando colocaron su cuerpo en la Madre-tierra, dijeron una plegaria por su espíritu, "Jiba ujé bijá" que en lengua de la tierra significa "Camino a turey", "Camino al cielo".

Por causa del maltrato que sufrió en la niñez, Ignacio Saldaña era un hombre con el espíritu torcido. Nunca mejoró su carácter, nunca se arrepintió, murió igual de torcido. Después de morir no fue al mismo lugar donde ahora está mi tátara abuela Itzé. Ignacio está en otro lugar, Itzé nunca lo ha vuelto a ver. Ignacio Saldaña no nació maligno, nació bueno, pero, su espíritu se torció con el sufrimiento de su niñez. Su espíritu se fue torciendo y torciendo con el sufrimiento. Estando en el TUREY, a mi abuela Itzé le mostraron la niñez de Ignacio, para que lograra perdonarlo por lo que le hizo. Abuela Itzé está en el Borikén eterno, está en compañía de los abuelos taínos boricuas. Los abuelos del cielo la aceptaron como hermana y mi abuela comparte con ellos en su casa eterna. En "la vida después de la vida", Itzé si ha vuelto a ver a sus hijos Petronila y Pedro. Sus hijos ahora la quieren y se arrepintieron de haberla despreciado en vida.

La vida después de la vida

Cuando mi tátara abuela Itzé murió en el año 1900, tenía cuarenta y siete años. Murió a causa de una infección pulmonar que adquirió por contagio de otro trabajador de la finca, un trabajador indígena. Durante varios días fue a trabajar enferma, con fiebre, hasta que una mañana ya no se pudo levantar de la hamaca. Jacinta, la cocinera fue quien se dio cuenta que Itzé estaba enferma y se lo informó a Ignacio, pero él no hizo nada por ayudarla. No llamaron al médico, no le dieron medicina, no la acompañaron. Solamente Jacinta la atendía, le llevaba comida y agua. Itzé expiró en la tarde del tercer día en que no se pudo levantar de la hamaca. Jacinta fue quien se percató de la muerte de Itzé y lo informó a Ignacio.

Ignacio dio órdenes a los trabajadores para que la enterraran ese mismo día. Siguiendo la costumbre ancestral, los trabajadores envolvieron a Itzé en su propia hamaca, la ataron con cuerdas formando un fardo y la llevaron a enterrar. La cargaron estilo Indio, colgando la hamaca por las dos puntas de una vara larga. Caminaron cargando el cuerpo hasta llegar al lugar escogido por ellos. Los trabajadores la enterraron en un lugar bien, bien lejos de la casa de Ignacio, un lugar hermoso, debajo de un árbol de guamá.

Cuando Itzé muere lo primero que distingue a ver es su cuerpo tendido en la hamaca y se da cuenta que ha muerto. Cuando se percata de que está muerta sintió un gran alivio. Alivio de que ya todo el sufrimiento ha terminado.

La persona que Itzé veía en la hamaca, frente a sí, era una mujer avejentada de 47 años, con el rostro y el cuerpo mutilados, pero su espíritu, una vez salió de la materia que lo contenía había tomado la forma de la niña Itzé a los 10 años, un tiempo de su vida anterior a ser capturada. El espíritu de Itzé se presenta como una niña indígena de diez años, con el pelo de color negro, largo hasta la cintura con la compartidura en el medio. La piel oscura, vestida simplemente como sus ancestros, con una nagua blanca de algodón que le llega hasta la mitad de la pierna.

Inmediatamente que Itzé muere su espíritu toma la forma de la niña Itzé. Esta fue una decisión que tomaron sus guías para ayudarla en el proceso de desencarnar. De pie frente a ella misma, Itzé reconocía a las dos Itzé, la mujer mutilada que estaba en la hamaca y la niña que estaba ahora liberada del sufrimiento. Se sentía feliz, estaba libre, como el que sale de una prisión de carne. Mientras observaba la escena con las dos Itzés, se sentía rodeada de una atmósfera diferente. Se vio envuelta en una hermosa luz azul claro. No se sentía sola, se sentía tranquila. Itzé comenzó a escuchar una voz masculina que le habló y dijo, "Tranquila, no estás sola, estoy aquí contigo". Itzé reconoció la voz de su padre, Gelo. Luego que escuchó su voz, lo vio frente a ella. Su papá la vino a buscar. Se veía joven, con el pelo negro y suelto que le llegaba a la mitad de la espalda. Tenía toda la cara pintada de rojo, estaba descalzo, llevaba plumas en el pelo y tenía puesto un "gua-yuco" blanco de algodón. Cuando Itzé vió a su padre sintió una alegría enorme, indescriptible. Tomó la mano a su padre y se fue con él camino al Daguao.

Daguao es señal antigua que indica la ruta del cielo. Gelo condujo a Itzé a la aldea eterna donde ahora estaba descansando el tiempo de la vida des-pués de la vida. Primero Itzé vio la aldea a lo lejos, una gran aldea indígena con grandes casas de madera con altos techos de paja. Entraron a la aldea por el batey, cuando entraron, todos vinieron a recibirlos con alegría, entre ellos, Itzé distinguió a su madre. Su madre fue la primera que se adelantó a recibirla y abrazarla. Qué enorme alegría, incomparable. Abuela Itzé había llegado al cielo de los taínos, a la gran aldea del cielo. La aldea de Tui, la aldea de la Luna carablanca, la aldea de la vida después de la vida, la aldea donde viven para siempre los espíritus de los indios boricuas.

Una vez fue recibida por la comunidad en la gran aldea del cielo, Itzé comenzó a sentir paz y amor incondicional en su espíritu. Como parte del recibimiento que le ofrecieron a Itzé, los que conviven en el gran yucayeque celestial fueron todos a formar un baile de bienvenida. Un baile de recibimiento en su honor. El baile inició con cantos, cantaban;

OCO-DI,

OCO-DI,

OCO-DI,

OCO-DI

En lengua de la tierra del Borikén OCO-DI significa "Vida nueva". Cantaban todos a coro en ritmo de cuatro tiempos. Mientras cantaban, bailaban formando un gran círculo alrededor de Itzé. Marcando el ritmo del canto con los pies, un paso hacia el frente y un paso hacia atrás. Itzé bailó por primera vez en compañía de sus padres y de los espíritus amorosos que conviven en el yucayeque eterno. Mientras, en otro tiempo, los indios del Cubuy habían rechazado a los padres de Itzé, Gelo e Ic'ajel, los taínos en el yucayeque celestial habían recibido amorosamente a los padres de Itzé y luego, a Itzé.

Cuando terminó la ceremonia del gran baile de recibimiento, sus padres la condujeron dentro de una gran casa indígena. En la casa convivían nueve espíritus más, además de los padres de Itzé. Ahora, con Itzé, eran doce espíritus en total conviviendo en la gran maloka. En el interior, la maloka era una casa indígena normal, un gran espacio abierto con hamacas colgadas y, en el centro, un fuego encendido. Cuando entraron en la maloka todos los que convivían en la casa se acercaron a recibirlos con mucho amor. Terminado el recibimiento los padres de Itzé la condujeron a un espacio particular dentro de la maloka. En ese espacio había tres hamacas muy blancas, recién tejidas de hilos de algodón, una era para Itzé. Sus padres le explicaron que iban a estar allí juntos por siempre. Luego, se abrazaron los tres por largo, largo tiempo. Sus padres le dijeron "Descansa tu espíritu junto a nosotros".

La ruta del Daguao es la ruta que siguen los espíritus ancestrales camino al Turey. El Borikén eterno localiza hacia el oeste, por donde descansa el sol. ¿De qué color es este cielo? Este cielo es de color verde, todo acaba de nacer, de surgir. El algodón es blanco como recién recogido, las hamacas son blancas como recién tejidas, el casabe es blanco como recién cocido. Es un yucayeque celestial. Allí los espíritus de nuestros abuelos bailan y cantan sin peligro. Allí no está el hombre blanco, allí están en paz.

El espíritu de mi tátara abuela Itzé aún descansa en el yucayeque celestial. Desde su muerte en esa sufrida existencia no ha vuelto a reencarnar. Desde el cielo de los ancestros abuela Itzé cuida, ayuda, protege y acompaña a Tabonuco. En esta existencia, cuando Tabonuco muera, abuela Itzé la vendrá a buscar para llevarla al yucayeque eterno en el cielo, tal como hizo su padre Gelo con ella. Abuela Itzé llevará a Tabonuco por la ruta del Daguao a la aldea de Tui, la Luna carablanca, la aldea de la vida después de la vida, la aldea eterna donde viven para siempre los espíritus de nuestros ancestros. Tabonuco ya ha estado allí, ha visto la aldea y le han dado gran recibimiento con extraordinario amor y alegría. Los ancestros le han permitido ver la aldea eterna, el yucayeque del cielo que la aguarda, pero, hasta ahora, ha visitado la aldea eterna solo en sueños.

Epílogo

"Ya nos vestimos como ellos, ya hablamos como ellos, pero no sentimos como ellos. Somos los hijos de la tierra. Tierra sagrada nuestro Borikén".

Nuestros jíbaros son nuestros indios españolizados a la fuerza. Sangre india mezclada con sangre española. El jíbaro en la montaña guardó sus valores espirituales. El jíbaro vivía en comunión con la naturaleza. Camino arriba, montaña arriba, loma arriba, cerro arriba. Nuestro amor a la tierra se expresó en la cultura jíbara. El amor al campo, a la siembra, al paisaje, a la montaña, al río. En la música jíbara campesina, en el aguinaldo, en la trova esta ese sentimiento. El sentimiento más profundo por la tierra no era español, el sentimiento más profundo por la tierra es del indio.

Mi bisabuela Petronila Saldaña y Rivera. Nació en 1867 y falleció el 13 de marzo de 1917.

Mis bisabuelos Petronila Saldaña y Rivera y Joaquín Vázquez
y Carrasquillo.

Loíza, datos del Censo 1910

Joaquín Vázquez y Carrasquillo, jefe, 58 años
Petronila Saldaña y Rivera de Vázquez, esposa, 43
años
Federico Vázquez y Saldaña, hijo, 29 años
María Vázquez y Saldaña, hija, 29 años
Celedonia Vázquez y Saldaña, hija, 25 años
Erasmo Vázquez y Saldaña, hijo, 12 años
Modesto Laureano Carrasquillo, 12 años
Ulpiana Vázquez y Saldaña, hija, 10 años
Sisto Vázquez y Saldaña, hijo, 8 años

Mi abuela Ulpiana Vázquez Saldaña,
con mi padre Fernando Medina Vázquez.

Mi padre, Fernando Medina Vázquez,
hijo de Ulpiana Vázquez Saldaña.

Tabonuco, Norma Medina Carrillo,
hija de Fernando Medina Vázquez y Miriam E. Carrillo
Rodríguez

Tabonuco (Norma Medina-Carrillo) nació en Nueva York. Con sus abuelos maternos en Adjuntas transcurre toda su infancia, su niñez e inicia su adolescencia. En 1976, luego de graduarse de Bachillerato en Ciencias en la UPR Río Piedras se desempeñó como maestra de biología y ciencias terrestres en el Departamento de Educación.

En 1980 inicia estudios de Maestría en el Centro de Estudios Avanzados de Puerto Rico y el Caribe. En el verano de 1980 toma el curso de Metodología de Arqueología de Campo con el Dr. Peter Rou. Durante la experiencia en este curso le surge una fuertísima identificación con el trabajo arqueológico y, en adelante, combina los cursos de historia y cultura del Caribe con cursos en arqueología del Caribe. En 1989 se gradúa de Maestría en Historia de Puerto Rico y el Caribe con concentración en Historia y Arqueología.

En 1990 le surge la oportunidad de colaborar como Arqueólogo de Campo y Coordinadora Auxiliar en el proyecto del Barrio Bayajá. Allí inicia su trayectoria como arqueólogo de la Oficina Estatal de Conservación Histórica donde trabajó entre 1990 y 1995. En 1995 fue invitada por el Dr. Díaz Hernández para colaborar en el Programa de Arqueología del Instituto de Cultura Puertorriqueña.

Entre 1998 y 2003 trabajó para la firma CSA Arquitectos e Ingenieros donde estuvo a cargo de la arqueología de importantes proyectos de infraestructura como el Nuevo Distrito del Centro de Convenciones de Puerto Rico, el Puerto de Trasbordo de Las

Américas, el Acueducto del Noroeste de Puerto Rico, la Planta de Tratamiento de Fajardo, Reemplazo Puente 505 en Salto Arriba Utuado, Instalación del Cable Soterrado de 115 KV en el área Metropolitana y varios otros proyectos de infraestructura.

En 2009 termina el doctorado en Historia de Puerto Rico y el Caribe en el Departamento de Humanidades en la Universidad de Puerto Rico Recinto de Río Piedras. A partir de 2003 colabora en el Departamento de Humanidades en la Universidad de Puerto Rico Recinto de Carolina como Catedrática Asociada (2010) y trabaja como consultor independiente en arqueología. En 2018 publicó con La Casa Editora, "Cuentos de los Taitas", una colección de 15 cuentos de la tradición indígena boricua.

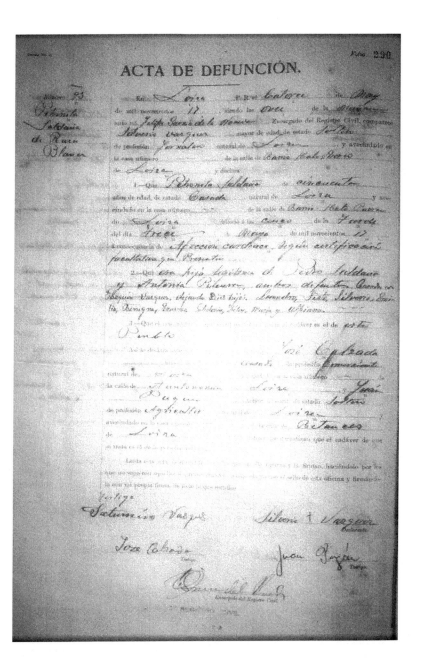

ACTA DE DEFUNCIÓN.

103

Acta de defunción
Petronila Saldaña

Petronila Saldaña, 50 años de raza blanca
Barrio de Hato Puerco de Loíza
Fecha de la muerte: 5 de la tarde del 13 de mayo de
1917
Causa de la muerte: Afección cardiaca dejando diez
hijos

Hija legítima de: Pedro Saldaña y Antonia Rivera (ambos difuntos)

Casada con Joaquín Vázquez

Dejando diez hijos: Leandro, Sisto, Silverio, Emilio, Benigna, Erasmo, Seledonia, Felix, María, y Ulpiana

ACTA DE NACIMIENTO.

Número _____

En _____ , P. R. el _____ de _____ de mil novecientos _____ , siendo las _____ de la _____ , en virtud de la declaración á mí presentada por _____ , mayor de edad, de estado _____ , de profesión _____ , natural de _____ , avecindado en la casa número _____ de la calle de _____ barrio de _____ , término municipal de _____ , yo, _____ _____ , Encargado del Registro Civil, procedo á extender esta acta de nacimiento haciendo constar:

1.—Que á las _____ de la _____ del día _____ de _____ de mil novecientos _____ , _____ de color _____ , al que se le puso por nombre _____

2.—Que dicho niño es hijo _____

3.—Que los abuelos _____

4.—Que _____

5.—Que el expresado _____ hizo la predicha declaración en su carácter de _____ del referido niño _____

Fueron testigos de este acto _____ , mayor de edad, de estado _____ , de profesión _____ , natural de _____ , y avecindado en la calle _____ de _____ , casa número 16, y _____ Casas de estado _____ , de profesión empleado , y avecindado en la calle Ocho _____ de _____ , casa número _____ , y habiendo leído lo preinserto á los que en él figuran, dichos testigos declaran constarles su certeza y todo lo aprueban y ratifican, y firman los que supieron, haciéndolo por los que no, aquellos á quienes rogaron lo hicieran, de todo lo que yo, el Encargado del Registro Civil, certifico.

Firma del Declarante.

Manuel Y. Rivera
Firma de un Testigo.

Landelio Casas
Firma de un Testigo.

Narciso Varona
Encargado del Registro Civil.

Acta de Nacimiento
Perfecto Saldaña López

En el pueblo de Juncos a 18 de enero de
1913

Pedro Saldaña y Rivera, casado, jornalero y
natural de Juncos
Declara, que el 17 de septiembre de 1912
nació un niño de color blanco **al que puso
por nombre Perfecto**.

Hijo legítimo del declarante y de Cecilia
López Rodríguez

**Abuelos paternos: Pedro Saldaña y
Antonia Rivera (difuntos)**
y
**Abuelos maternos: Antonio López y
Carmen Rodríguez (difuntos)**

PO BOX 1393, RÍO GRANDE, PUERTO RICO 00745
lustrodegloria@gmail.com TEL(787-550-3666

Títulos publicados:

El hombre del tiempo ángel m. agosto
Lustro de gloria ángel m. agosto
Intrigas desesperadas ángel m. agosto
Rutina rota ángel m. agosto
5 ensayos para épocas de revolución ángel m. agosto
Voces de bronce ángel m. agosto
Horror blanco ángel m. agosto
Relatos por voces diversas Cómplices en la palabra
Déjame decirte algo Cómplices en la palabra
El abraso (primera edición) Mary Ely Marrero-Pérez
En los límites Evaluz Rivera Hance
Lo que dice el corazón Evaluz Rivera Hance
Transversándome José Enrique García Oquendo
Emociones, versos y narrativa Grupo Cultural La Ceiba
El proceso político en Puerto Rico ángel m. agosto
ANA, auténtica forjadora de valor Ana Rivera
Angustia de amar Ana Rivera
Sindicalismo en tiempos borrascosos Radamés Acosta
Desde la sombra la luz William Morales Correa
Tinto de verano Anamín Santiago
Caroba Juan de Matta García

La brújula de los pájaros José Ernesto Delgado Carrasquillo

Esperaré en mi país invisible Mariela Cruz

Mancha de plátano Mariela Cruz

Loíza, desde El Ancón a tu Corazón Madreselvas de P.R.

Los molinos de doña Elvira Luccía Reverón

Un vistazo a la tierra de los mil dioses Armando Casas Macías

Oscar hecho en poesía Poetas en Marcha

Soy un millar de vientos ángel m. agosto

25 de julio Roberto Tirado

Del MPI al PSP, el eslabón perdido ángel m. agosto

Los años de fuego, periodismo de combate (1971-76) ángel m. agosto

La madre asesina Yván Silén

Al final de tu arcoíris Samuel Rivera González

Me quedo con las mujeres Juan González-Bonilla

Mi amado infierno Mariela Cruz

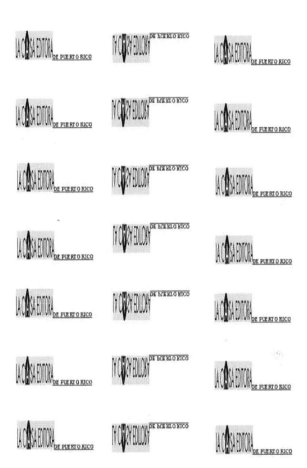

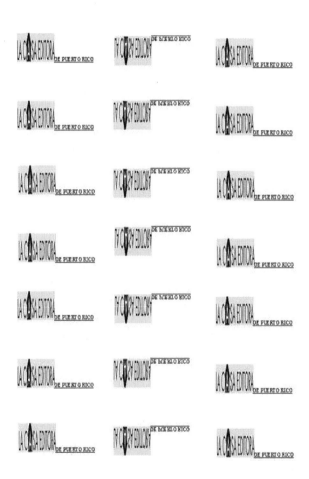

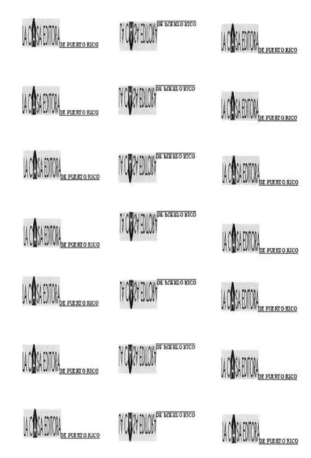